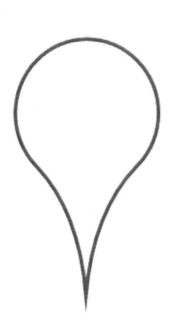

무한해서는 안 됐다 슬픔은

펴낸날 | 2020년 07월 01일
저 자 | 김동영
펴낸이 | 김현옥
펴낸곳 | 산호문학(주)
출판등록 | 2020.04.08.(제2020-000019호)
주 소 | 경기도 안양시 동안구 벌말로 66 (관양동, 평촌역
　　　　　하이필드) B-F동 1108호
이메일 | sanho_01@naver.com
ISBN | 979-11-970235-0-7　03810

www.sanhomunhak.kr

이 도서의 국립중앙도서관 출판예정도서목록(CIP)은 서지정보유통지
원시스템 홈페이지(http://seoji.nl.go.kr)와 국가자료종합목록 구축
시스템(http://kolis-net.nl.go.kr)에서 이용하실 수 있습니다.
(CIP제어번호 : CIP2020025480)

무한해서는 안 됐다 슬픔은

김동영

시인의 말

시인이라고 불리고 싶다.
이제 시인이라고 불릴 수 있을까

아닐 거다.

그래도
혹시나

그래
행여

아니다
역시 시인으로 불리고 싶다

시인 이전에 내가 있다
시인 이후에도 내가 있다

 2018년 7월 29일 처음 시를 써본 이후부터 2020년 3월까지 창작한 400편 가량의 詩들 중 111편의 시를 솎았다. 이들을 두 부류로 나누었을 때, 55편과 56편으로 반절씩 나뉘었다. 둘 중 나는 초기 형태의 詩가 대부분인 55편 묶음을 엮어 이 시집을 만들었다.
 역시, 시를 쓰기 시작한 처음 그 순간부터 시인이었으면 좋겠다.

2020년 3월, 명명당하고 싶은
나는 누구인가? 김동영

시인 소개

김동영

1997년 서울 출생.
문학에 일절 관심 없던 과학도.
22세부터 이학(理學)에 싫증을 느
  끼며 자연스레 문학 창작을 시작
  하였다.
서울대학교 생물교육과 재학 중.
국어교육과 부전공.
국어국문학과 부전공.

목차

발문

해설

1부 와인 잔은 와인 잔이었으면
좋겠다

책갈피

책이 펼쳐지길 기다립니다 그리고 끝까지 읽히지 않
았으면 해요, 어루만져지는 때는 한순간이니.

바람은 눈을 낌있다

나의 바람은 바람결에 부스러지는데, 넌 거기 있는가
미운 속을 찧고 가루 내어 날려도 넌, 거기 있는가
한 움큼의 음표를 부러뜨려 노래해도 넌
거기 있는가
흔들리는 풀잎을 가슴에 꽂고 나부껴도
넌 거기 있는가

너는 바람도, 바람결도
부스러짐도 날림도
노래도 흔들림도 모르는,
움직이지 않는 바람.

와인 잔은 와인 잔이 아니야
— 열대야

불 꺼진 집 유리찬장 안에서
와인 잔이 푸르게 빛나고
그 속에서 헤엄치는 주황 열대어를
내가 잠든 동안 동생이 보았단다

그러나 이른 아침 와인 잔은 그대로 와인 잔이었다
동생도 아침에는 보지 못했다

다음 날도 그 다음 날도
동생은 밤에 깨고 낮에 잤다
다음 날도 그 다음 날도
우리가 보는 와인 잔은 같고 달랐다
우리는 이제 밤낮도 달랐다

하나라도 같아지기 위해
와인 잔에 물고기 한 마리를 사서 넣었다
0과 1은 큰 차이였지만
1과 2는 작은 차이니까

하지만 동생은
1과 1이라고 좋아했다
내가 산 물고기는

노랑 물고기였는데.
어떤 물고기를 넣어도 그건
주황 열대어겠다

적포도주를 따랐다.
그냥 우리 모두에게
와인 잔은 와인 잔이었으면 좋겠다.

그날 밤 동생은
진한 포도주에 가려진
주황 열대어를 보지 못했단다.
다음 날 아침 나는
술에 취해 펄떡대는
주황 물고기를 손에 올렸는데.

모두가 잠든 사이
— 탈출

와인 잔 붉은 둥근 어항 속에 살면서
적포도 향에 자라나는 잔가시
몸통을 뚫고 삐져나오고
코르크 장식은 탄산을 뿜는다
따가운 기포의 힘으로 어항 위를 오르려 하지만
날이 갈수록 뼈가 무겁다

곧 그들이 깨어나는 아침이 밝아온다
코르크를 뒤집어라
탄산 대신 산소를 뿜고
아가미로 포도주를 걸러라
입가에 묻는 초저녁 비늘
자라난 가시는 간밤의 푸른빛으로 덮여라
위장하라 나의 어스름을

엄마라는 자가 먼저 일어나 밥을 준비하고
형이라는 자가 졸린 눈을 비비며 맑은 어항을 살핀다

물고기가 자랐어 엄마 근데 입가에 붉은 반점이 점점
커져 병 걸린 거 같아 어떡해
엄마는 말없이 어제와 같은 밥을 차리고
나 또한 매일 같은 사료*를 먹으며

내일은 죽은 척을 해야겠다
나를 어서 버려줘
짙푸른 밤을 벗고
주홍빛 노을로 날아오르게

물고기의 등지느러미에는
새벽이 스민 여명이 묻어간다

*이상하게도 그 지겨운 밥을 먹을 때마다 간밤에 술을 거르
며 얻은 숙취가 깬다. 계속 취해있고 싶은데.

기울어가는 절벽

내가 뛰노는 곳 절벽
그 옆으로 쏟아지는 폭포는
한낱 얇디얇은 경계선에 지나지 않지만

울타리가 쳐져 있다.
높이 위치한 푯말은
아래에 있을 낙상당한 이들의
피 한 방울 튀지 않은 채
추락위험을 조용히 가리킨다.

내 발 아래로 널브러지는
굳게 선 울타리 위에서 푯대 위에서
뛰놀던 작은 천사들.

절벽이 조금이라도 비스듬하다면
미끄럼틀 미끄럼틀
아이처럼 웃으며 우리는 저 너머로
폭포를 타고 흘러내려갈 수 있을 테고
작은 천사는 푯말을 붙들고 누운 울타리를 밟고
풀잎 하나라도 올려 보낼 수 있을 테다

순환
— 상자 원자 심장

 심장 안에는 심방과 심실, 꿈을 만드는 공방과 꿈만
꾸는 침실. 약삭빠른 공방은 침실로 꿈덩이를 몰래 밀
어 넣고, 몽매한 침실은 아무리 꿔도 이상하게 남아도
는 꿈을 쏘아 올리지 그러나, 그 둘을 떨어뜨리는 것
을 상상할 수 있는가
 그래서 두 따로 근 따로 부르지 않고 두근 이라고 말
한다, 심장이 살아있는 소리.

 문 앞에 빈 갈색 종이상자가 있다 왠지 상자에 물건
을 담고 옮겨야 할 것 같다 상자 안에 휴식을 담고 집
안으로 들인다 옮겨놓고 나니 상자를 열어야 할 것 같
다 상자를 연다 안에 휴식이 들어 있다 왠지 휴식을
써야 할 것 같다 휴식을 쓴다 휴식을 쓰니 상자가 비
어버렸다 빈 상자를 또 채워야 할 것 같다 상자 속에
내가 들어가 잠을 청한다 잠자고 있자니 상자 밖 집에
아무도 없다 집을 비우면 안 될 것 같다 상자 틈을 비
집고 나오는 꿈을 꾼다 꿈으로 집이 찬다 집 안이
가득 차니 비워야 할 것 같다 잠에서 깨어나 상자를
벗고 꿈을 들이삼킨다 상자가 비어있다. 상자가 태동
한다.

 떨리는 상자가 가지고 있어야 할 심장은 상자 어디에

있는가 상자를 해체한다 골판지에 떨림의 흔적이 남아 있다 그러나 골판지 굴곡 어디에 심장이 있는가 굴곡을 해체한다 찢긴 상자 위로 날리는 보풀에 떨림의 흔적이 남아 있다 그렇다면 심장은 그 작은 보풀 안에 있다는 말인가 더 이상 해체할 수 없는 보풀을 잡아챈다 진동이 손목을 타고 나의 심장에 전해진다

문 앞에 또 빈 갈색 종이상자가 있다.

배타적 곡선

날아오는 모든 화살은
어떻게 해서든 나를 뚫고 지나간다.
빗겨가는 화살은
내 상처에 스미어
어떻게 해서든 심장을 거쳐 가고
땅에 꽂히는 화살은
땅 밑에 숨어 있다가
어느 순간 지상 위로 솟아올라
내 발목을 찌른다.

나는 신식 무기를 들어
단 한 발을 쏘지만, 신식이란 것은
이해관계로 빽빽이 얽힌 장(場)을 잊고
중력을 잃은 듯이
오직 직선으로 뻗어나간다.
탄알은 방향 없이 날아가는데도
이 세상을 비껴가며
어떻게든 길을 잃는다.

모든 상흔을 모아
정념 하나로 갈고 닦는 동안
신식은 구식이 되고

과녁은 사라지거나 잊어진다.

나에게도 화살이 있지만
과녁은 없고 적은 무한히 많다
나는 산탄(霰彈)을 날릴 수도 있지만
그러려고 하면 적들은
각자의 상처를 까 보인다
내게 보이는 상처는 또 너무나 많아
나는 강제로 세계의 강자가 되어버린다

그들은 내 자신이 발사체가 되라는
노블리스 오블리주를 나에게 요구한다
내가 탄알이 되어 뻗어나가면
그들 또한 나의 육체에 부딪쳐주겠다고

만약 그렇다면 나는 직진밖에 할 수가 없고,
결국에 나는, 탄알 대신 화살로 날아간다
나는 가장 구식의 방법으로 곡선을 그리며
수많은 적들이 사는 지구를 감싸고 배회한다

이것은 위협적이며
추락하면 위력적일 텐데

지상의 모든 것은 나의 추락을 상상도 않고
나를 유성(流星)이라 부른다

보금자리

수풀 너머 붉은 눈이 발톱을 세운다.
가느다란 노란 동공 세로로 갈라지고
이 밤을 하염없이 베어 찢는다.

밤의 상처를 벌리고 속으로 걸어가면

발톱은 왜 날카로운 밤에 울었나
왜 눈에 고였을 푸른 밤은 말랐나
만지면 들짐승의 역사 날 할퀴어가고

집으로 돌아와 세수하고 거울을 보면
충혈 된 눈 위로
동공이 휘황하다.

따가워요

따가워요, 당신
그대여, 가시를 거두어주세요
내가 그대 곁에 머물 수 있게

나의 말이 그대에게 닿지 않나요, 당신
그대여, 나의 마음을 꽃잎에 적어 보낼게요
그대에게 어울리는 꽃잎이에요

나의 말이 아직도 그대에게 닿지 않나요, 당신
그대여 이번엔 잎사귀에 적어 보낼게요
그대에게 어울리는 잎사귀예요

나 편지지 하나도 그대를 생각하며 골랐는데, 당신
그대여, 가시를 거두어주세요
내가 그대 곁에 머물 수 있게

내가 그대의 가시를 돋운 건가요
그대여, 내 드린 꽃잎과 당신의 잎사귀가
너무나 잘 어울립니다
내가 그대 곁에 머물 수 없게

따갑지만 당신

차라리 가시를 거두지 마세요
그대에게 어울리는 모습이어서
나는 웁니다

모닥불을 쬐는 사람

마른 나뭇가지를
하나 둘 쌓아 가면
더욱 더 크게 타오를 거다

그 끝은 허무할 거다
무엇보다도 큰 불이지만
그건 네 것이 아니다

화려한 불꽃이 지기 시작할 때도 넌 모를 거다
시들어버린 온기를 살리기 위해
넌 나뭇가지를 던져 넣을 것이므로

그것은 결국 작은 불씨로 돌아갈 거다
네가 불을 지핀 순간 그건
네가 어찌할 수 없는 과정

모닥불은 순식간에 불씨를 지폈고
꽃을 피웠고
다시 씨를 남기고 돌아간다

그러나 그건
이전의 모습으로 살아날 수 없다

불이 꺼지면서
모닥불을 쬐는 너는
떠날 채비를 하고 있었다

송이학은 사랑을 상징하지

사랑 모양 유리병에서 종이학 한 마리를 꺼낸 적이
있다 한 마리는 셀 수 없는 마음 종이학은 몸에서 은
빛 무지개를 내보였다

가벼운 학 한 마리를 꺼내놓고는 행여나 망가질까 손
을 벌벌 떨었다 모르는 걸로 가득한 무거운 상자를 옮
기듯 그런데 심장은 벌렁벌렁 몸은 가볍게 떠올랐고

천장이 빙빙 돌았다 내가 천장을 빙빙 돌리는 건가
아래를 보면 곡예사가 접시를 돌리듯 작은 종이학이
나를 돌리고 있었다

사랑을 잃었다 더 이상 하트 모양이 사랑을 의미하지
못한다 지금은 종이학과 내가 가장 밀접해있는 시간
지금에서야 그러한 시간

가까움은 애정 밀접함은 애증 입구가 열린 유리병을
뒤집어서 오백 마리 학을 우르르 쏟아낸다 널브러진
학들을 바라본다 종이학은 은빛 무지개를 게워내고 있
다

빛이 가로등 꺼진 새벽보다도 어둡다 전등 켜진 방
안에서 가장 어둡게 반짝인다 그걸 두 손가락으로 집
고 병에 다시 담는다 하나씩 주워 담는다

중간 중간 속이 끓고 그때마다 손가락 한 마디에 종

이학이 눌린다 필요 이상으로 세게 눌린다 종이학은 모양을 잃어도 소리가 나지 않아서 여전히 종이학이다 한 마리는 종이 한 장일 뿐인데 한 마리는 셀 수 없는 마음이기도 하다 오백 마리는 나를 너무 누르고 있다 한 마리가 주는 마음도 버거운데

종이학을 한 움큼 쥐고 넣어버릴까 하면 나는 종이학과 밀접하다 못해 그것이 된다 함부로 대하게 된다는 뜻이다 이제껏 내 손에 있었지만 이제야 그건 내 거라는 뜻이다 그걸 가진 사람은 나뿐이라는 소리다

애정은 내가 불리는 이름 증오는 내가 부르는 이름 언제나 내가 못됐는데 그걸 애써 무시해왔는데 그깟 종이학 함부로 대하면 나는 두고두고 내 자신이 못됐다는 이유로 나를 원망할 것 같아서
바닥에 깔린 학들을 내버려둔 채 전등을 끄고 바닥 위에 웅크려 잠을 청한다 차라리 잠결에 학이 망가지라고 사실 종이학은 그 한 마리도 하나라 칭하기 버거운 사랑인 걸 알지만 사라지지 않는 마음이지만

혼자라고 느낄 때

줄 서서 걸어가다가
앞 사람 발뒤꿈치를
툭, 차버릴 때가 있지.
죄송하다고 말하고 싶었지만
어쩔 줄 몰라 하는 뒷발을
앞발은 뒤돌아보지 않아.
두 명 세 명 모여 팝콘과
콜라를 나눠먹는 무리들 뒤로
입장을 기다리면서 고개를 떨구고
뒤꿈치만 바라본다.

영화관은 상영시간이 다 되도록 문을 열지를 않았다.
기다리면서 팝콘박스를 품에 껴안은 사람은
팝콘을 포송하게 한 움큼 독차지했다
콜라를 손에 쥔 사람은
외로운 얼음을 휘휘 저었다

영화가 끝나고 나가는 길에
앞 사람 발뒤꿈치를 툭
차고야 말았지
이번에는 무리 속 그 사람이 고개를 홱 돌렸는데
이번에는 내가 시선을 피하느라 고개를 숙였고

앞발은 똑같이 뒷발을 뒤돌아보지 않았다.

영화 속에는 쓸쓸하여
혼자 영화 보기를 유일한 낙으로 삼으며
팝콘과 콜라를 미친 듯이 먹다가 급체한 인물이 나왔
는데
인물은 익살스런 표정을 지었으나
그의 발은 보이지 않았고 관객들은 그저 뒤집어졌으
나
나는 슬며시 손에 든 음식들을 내려놓았다,
두 발끝을 모으면서.

네 모는 흔적

너는 풀잎의 머리카락을 자르고
나는 실타래를 품속에 훔치고

너는 강줄기를 물고 날아가고
나는 쪽배를 타고 따라가고

너는 안개를 후우 걷어내고
나는 안개를 몰래 들이마시고

너는 모래 위로 몸을 감고
나는 네 위로 흙을 얹고

너는
더 이상 움직이지 않는다

나는 풀잎이 흘린 생명을
네가 잠든 땅에 심고

나는 쪽배에 실은 사모를 봉분 위에 붓고
실은 이제 사모하지 않겠지만요

나는 몸 안에 도는 안개를 후우 뿜어내, 모래성을 감

추고
더 이상 내 눈에 띄지 마소서

다른 사람에게도 흔적을 보이지 마소서
내가 대신 흔적이 되어주리다

오해의 바다

내가 네게 실어준 힘은 중력이었고
네가 내게 더해준 힘은 압력이었다

왜 우리는 눌리고 눈물 흘려야만
줄 수 있을까, 부력이라는 힘을.

2부 돌아오지 않는 공과

공터

돌돌 말린 나뭇잎이 우수수
바닥으로
쏘아 내려가는, 공원.

참새 떼가 날개를 감고
수도 없이 바닥에 추락하는, 공원.

그 풍경들을 바라보며
그네에 앉아
커피를 홀짝인다.

흔들
나뭇잎 하나
잔 속에 빠지고
흔들
참새 한 마리
잔 속에 빠지고

한 아이가 공을
하늘 위로 뻥 차다
영영 돌아오지 않는 공을 보고는
울음을 터뜨리는

쉼터, 그리고
만남의 광장.

흔들리는 잔과
젖은 잎들과
익사한 새들과

흔들리는 나와
주저앉은 아이와

돌아오지 않는 공과

벤치에 앉아 혼자서 유자차를 홀짝이고 있었어

벤치 위에 유자청 담긴 잔, 개미가
입가 닿는 잔 테두리로 다가간다

유자차 아직 덜 마셨는데
테두리를 넘어가려는 개미

개미를 손가락으로 튕겨내면
땅에 떨어진 개미는 또 오르더라

개미같이 작은 것들은 떨어져도 안 아프다더라
그래도 힘들 법은 한데

개미는 계속 오른다.
그건 무얼 위한 생고생일까

다 마신 유자차 잔 밑으로
가라앉은 유자 찌꺼기를 바닥에 떨구면

어디 있었는지 모를 개미들
떼거지로 찌꺼기로 몰리는데
잔에 붙어대던 개미 한 마리는

유자향 밴 잔 속으로
유자는 없는 그곳으로
기어들어간다

식탁 밑이 춥다

식탁 아래 쭈그려 앉아
문 닫힌 냉장고를 바라본다.
이곳이 추운 건 너 때문이니
오래된 냉장고가 열기를 내며
우웅 소리로 답을 대신한다

발바닥에 밟힌 밥알은 식탁의 냉기에 굳어있고
그것의 따가움을 가만히 지켜보는
따사로운 저녁 식사 시간.

식구들의 다리가 한자리에 모이는
식탁 아래 저녁
식탁 위로는 따끈한 밥에 국에
아삭한 김치에 시금치 그리고
수저 부딪히는 소리.
우리들의 다리는 가끔 서로 부딪히는 정도일까.
수저 든 팔보단 더 가까이 모여 있고
서로 맞닿으면 다리를 바로 내빼는
한 가정의 저녁 식사.

발가락을 꼼지락대면
냉장고 문이 열리고

쌀알이 후드득 떨어지는
식탁 밑이 춥다

잠 못 드는 밤 1

깜깜한 잠자리에 누우면
여광의 올가미
심장을 옥죄기 시작한다.

빛을 끊을 날카로운 알약
가슴에 찔러 박으면
놀란 가슴은 놀란 가슴을 부여잡고
노곤한 심장은 잠이 든다.

어리석은 나의 주인이여, 내일도 여광은 옵니다

식어가는 이부자리는 말이 없다.

잠 못 드는 밤 2

약봉지를 곁에 두고 자는 나와
봉제인형을 껴안고 잘 옆집 아이.

먼저 자고 있는 엄마 아빠 몰래, 옆집으로 들어가
주무시는 아이 어머니 아버지 몰래
아이가 안은 인형의 봉제선을 뜯는다.
인형 속에는 신경안정제를 채워 넣고

아이가 꾸는 꿈을 풀어낸 실타래로
인형을 다시 꿰맨다. 그리고 남은 실타래로
내 꿈을 직조한다, 얼기설기.

엄마 이상해 내 곰인형이 웃질 않아
우리 아기 언제쯤 클꼬
(아이 말이 맞습니다 어머니
제가 인형을 재워버렸거든요.)

집으로 돌아와 약봉지를 찢고
신문지만큼 크게
펼쳐 덮는다.
머리끝까지.

공원 벤치에서 약봉지를 껴안고
깨어나지 못할 나는 무슨 꿈을 꾸고 있을까요.

칫솔질

죽음을 핥았다
그 맛은 너무나 강렬하여
아무리 이를 닦아도
가시질 않는다

칫솔질에 잇몸이 허물어야
창백한 이가 그제야 핏기를 찾는다
아주 잠시

사선

사선을 그으며 날아가는 새

아이들이 모래언덕을 다지고 나뭇가지를 꽂는다
아이들이 고사리손을 모아 여린 꽃을 만든다
아기 꽃은 몸을 오므리며 흙을 퍼먹는다

푸둥히 살찐 손
파인 모래언덕
나뭇가지가 사선으로 기운다

누가 걸릴까
나만 안 걸리면 돼
네가 걸려라
제발 살아남길

죽음의 문턱을 넘고 넘는 시간

새는 유리창에 머리를 찧고
피는 사선을 그으며 튄다

와아아 걸렸대요 걸렸대요
가지를 넘어뜨린 아이가 떼를 쓰면

모래언덕은 다시 쌓여 올라간다

눈사람

내린 눈은 언젠가 녹겠지만
녹기 전에 얼어있다는 것이 중요합니다

그래도 녹을 때까지 기다려보세요
라고 누가 그러더군요
그 입김은 어찌나 따뜻한지
얼어붙은 것이 더욱 얼어버렸습니다.

차라리 녹지 않고 깨져버렸으면

웃고 있는 눈사람, 그 입꼬리는
눈사람이 올린 것이 아닙니다
붙여진 것이죠

동글동글한 눈사람
목이 없는 눈사람

내리는 비 울문 싶은 밤

송곳같이 비가 내려박히는 밤
자욱한 구름 뒤 달은 빗줄기에 긁힌다

노란 가로등은 비를 비추고
땅을 미처 찌르지 못한 물은
일렁이는 빛을 받으며
하수구로 흘러내린다

저기 검은 우산을 든 남자가 서 있다
남자는 접힌 우산으로
지면을 쿵쿵 찍는다

그의 심장에 스며드는 따가운 물기

흠뻑 취한 남자는 코트가 다 젖고 나서야
우산을 펴고 내려갑니다

쇠창살같이 비가 내려박히는 밤
달은 우산 위를 구른다

벼랑 끝 나무

나무 끝 다섯 갈래의 나뭇가지
바들거리며 그의 목을 조를 때

그 가느다란 가지 끝에서 벚꽃
몸을 오므리며 완전한 꽃을 만들 때

봉분이 솟은 듯 그 오므라든 꽃
제자리에서 하얗게 굳어갈 때

그는 죽음의 바다를 내다보는 삶의 곳에서
죽음을 목전에 두며 느끼는 희열 속에서
오열합니다

곶은 바다를 향해 몸을 뻗고 있습니다

가을 벽지

새순이 고개를 쳐 내밀 때
누군가 두툼한 점퍼를 훌렁 벗어재낄 때
나는 방안에 틀어박혀 울었다
봄비는 어김없이 그들의 눈가에 물방울을 앉혔다
그러므로 너는 알아줄까
내가 울고 있음을

온 세상 푸르름으로 불타오를 때
누군가 파도 속에 몸을 맡길 때
나는 창가를 바라보며 울었다
태양은 눈치 없이 창문너머 내 심장을
작열하는 빛으로 덥혔다
이래도 너는 알아줄까, 내가 우는 이유를

나무가 미친 듯이 낙엽을 떨굴 때
누군가 쓸쓸함을 흠뻑 느끼고 있을 때
나는 여전히 독방에 갇히어 울었다
시 구절 하나하나 그들의 마음을 후벼 파는 계절이다
그런데 너는 알았을까
나는 진작에 가을이었음을

눈이 세차게 휘몰아칠 때

누군가 사랑의 열기를 실컷 나누고 있을 때
나는 몸을 웅크려 울었다
칼바람은 순식간에 나의 등껍질을 베어갔다
이제야 너는 알아줄까, 내가 울고 울음을

겨울이라 말하지 말라 나는 가을이다
봄에 취하지 마라 나는 가을이다
여름은 피지 마라 나는 가을이다
가을을 가을이라 느끼지 마라
나는 가을이 아님을 느낀 적이 없다

꿈꿀 수 없는 침대

이별에 젖은 베개에 머리를 대고
잠을 청하지만 오늘 잠들긴 글렀고
뜬눈으로 밤을 지새워야겠지만

아침은 오지 않는다
지난 아침과 다가올 아침 사이 이별
이별은 사람과 사람 사이의 것이 아니었나

우리가 남이 되어버렸을 때부터
시간은 틀어져갔던 것인가
밤, 방 안으로 빛이 들어오기를 허락하지 않는 시간

계속되는 밤에 가로등 열선은 금방 닳아서
붉게 타오른다. 혼자서 부끄럽게 타오른다.
전구 밖으로 뻗어나가지 못하는 빛을 빛이라 말할 수
있을까

아무것도 보이지 않던 캄캄한 방, 시간이 흘러
전등의 테두리와 천장 모서리와
모서리 아래에 걸린 사진
우리 함께 있던 한낮 공원이 보이기 시작할 때는

베개에 얼굴을 파묻어버리지만
내 눈동자 속에서 떠오르는
서러운 흑백의 아침

3부 새벽의 찬바람은 베여 훙 지고

맴돌이

하늘에서 구름이 정처 없이 떠돈다
구름에서 눈발이 정처 없이 흩날린다
눈발 맞은 얼굴이 정처 없이 흔들린다
얼굴 위로 동공이 정처 없이 구른다
동공 아래 입술이 정처 없이 달싹인다

정처 없이 찍히는 발자국
영원히 찍힐 발자국

발자국 닿을 곳은 정처 없이 움직인다

지옥으로 가는 버스

버스 정류소 앞에
줄이 늘어서 있다

앞사람은 표지판에 머리를 찧는다
기둥이 피를 마신다

뒷사람은 혼잣말을 중얼거린다
목을 긁고 가는 스테레오

옆 사람은 무서워요, 몸을 떤다
떨림은 떨림을 부른다

여기는 정신이상자들의 집합
그들은 규칙적 간격을 두고 서 있다

정류소 앞에 도착한 버스는 포화상태
그 안에 앞 뒤 옆이란 없다
서로 깔고 깔리는 탑승객들
버스는 혀를 끌끌 차듯 시동을 건다

아수라장 틈 구석 칸에 앉은
깔고 깔림 따위 모르는 고고한 기사님 말씀하시길

다음 버스를 타세요 금방 올 거랍니다

짓눌린 승객들은 차창 밖을 보며
고개를 젓는다
피로 다잉메시지를 쓰며
목에 데드라인을 그리며

정류소에 늘어선 사람들
공명으로 비상벨을 울린다

슬픔의 척도

슬픔에는 경중(輕重)이 없다고
슬픔 없는 사람이 말한다
팔에 잇자국을 내 본 나이기에
삭은 나뭇가지로 제 가슴을 내리칠까 말까
망설이는 사람은 얼마나 비극적인가
제 심장에 방아쇠를 당기는 사람만큼이나
나뭇가지를 이삭 줍듯 계속 줍는 사람도 슬프다

슬픔 없는 사람은 그 모습을 보고
허리 숙이는 노동이 얼마냐 고되겠냐고
동정할 것이다
나라면 그 모습을 보고
무엇이 너를 허리 숙이게 했냐고
물어봐 줄 것이다

내 스스로 잇자국을 내 놓고는
송곳니는 누가 줬을까 생각해본 적이 있다
내가 만든 건가, 아니다
내 몸이 만든 건가, 아니다
송곳니는 육식을 위한 것인데
내가 찢을 수 있는 살은 내 몸뚱어리뿐이지 않은가

슬픔 없는 사람은 이 모습을 보고
누구나 송곳니가 있다고
위로할 것이다
누군가 나와 같이
자기 아래에 자신밖에 두지 못하고 있다면
나라면 그를 추켜세우고 싶다
슬픔 없는 사람처럼 되지 않으려는 이 모습이
얼마냐 대단하냐고, 나보다 높이 있으신 분이시라고

슬픔 없는 사람은 종종 외친다
총구를 제 심장에 두며
보라고, 나 불쌍한 사람이라고
또 슬픔 없이 사는 다른 사람은
달려가서 안아줄 것이다
그래 너 정말 힘들었겠다고

그러면 나는
그들에게 소리칠 것이다
정말 슬픈 사람은 입을 다물고 있다고
어느 한 사람에게도 죽을 것 같다며
위협할 수 있는 총 한 자루 없다고
속으로만 소리칠 것이다.

속으로밖에 외칠 수 없는 그 소리를.

꽃으로 말하지도 말고 꽃이라 말하지도 말라

네놈의 버짐 핀 듯 이끼 낀 입술을 지켜보고 있겠다
이끼에도 꽃은 핀다는 네 진리가
꽃 따위 없는 이끼의 포자를 타고 퍼지니

무고한 귀들은 들으시오
무고한 꽃이 저 자의 입술에 물릴 때
꽃은 습한 언술의 침샘에 뿌리내립니다
저 꽃은 무고하기에 악의 꽃

선하기에 무고한 눈들을 들으시오
이끼 위에 꽃이 피어 있지만
이끼 위로 꽃이 핀 건 아닙니다

내 말하건데 파편과 파편을 잇는 것은
윗입술과 아랫입술을 붙이는 말소리요
말소리는 제 꽃은 피울 줄 모르면서 꽃을 피워내니

저 꽃은 피어있지만 없는 꽃

그러나 지금 제 말은 믿으셔도 됩니다
나는 꽃이 아니라 곰팡이로 말하고 있으니

이제 저 자를 보십시오
입술은 푸르를지나 이끼가 서로 엉키어
입을 벌리지 못하는 저 자를 보십시오

드디어 내 입을, 보라!
입술은 썩어 문드러져 있을지나
혀 위에, 혀 위로, 꽃이 무성히 피어 있지 않느냐
꽃을 따다 물지 않고도 스스로 만개하여 있지 않느냐

광선이 창궐하는 창문

쏟아지는 빛은 수천 개의 예각
얼굴을 찌르는
빛의 무늬

건물 일 층 창에 후광이 내린다.
창의 뒤통수는 따끔할 것이다

후광이 창을 거치며
사방이 환하다.
온 몸을 베는 예각.
창 앞을 지나는 사람마다
빛의 무늬는 모두 달랐고

건물 뒤로 돌아간다.
미처 뒤를 찌르지 못한 날카로운 빛은
골목길을 만들었으나

건물 앞면 창으로부터 굴절되고
건물 뒷면 창에서 또 굴절된 빛이
기어코 골목길로 들어서며
골목길이 사라진다. 예각의 빛은
땅으로부터 솟아오르고

등 뒤의 세계는 찔려 무너진다.

흉터

번개를 맞은 열매다.
열매 달린 나무를 통하지 않고
그저 정통으로 맞은
그을려진 열매다.

형태 없는 벼락에 두개골이 금가듯
껍질이 갈라졌지만
틈으로 과즙은 흘러나오지 않는다.
대신, 비가 내린다.

비가 내린다
옷자락 틈으로 빗방울이 들어오고
나는
마른기침을 연신 내뱉는다.
먼지 씻겨간
먹구름 아래에서.

가자
비가 없는 나라로
먼지바람만 부는 사막으로.
마른기침과 어울리는 황야로,
모든 열매가 타고

정전기가 튕겨 흐르는
고사한 숲으로

폐쇄병동 시그널

화분이 정중앙에 놓인 탁자가
나를 맞이해주는
폐쇄병동
환자들은
마주보고 앉아서
노래를 불러
환청을 향한
세레나데
그건 외계어

따로 노는
주파수가 모여
완성되는 돌림노래

화분까지 FM라디오
안테나를 펼쳐봐
저들의 언어를
왜곡해봐

그 말뜻은
화분에게
솔직하게도 짐 지우기

지구별 식물은
우주에서 더 거대해진다
그러므로 나 역시

병자들 앞에서 거대해지기
수십 광년 왜행성들은 모여
한 뼘 거리 티끌세계가 되기
그렇게
나를 음해하기
나를 다른 병실로 옮기기

주정뱅이의 밤

주정뱅이가 길을 휘적이다 휘청이다
전봇대 아래에 소주병과 앉았다.
개들이 오줌을 갈기고 간 곳.
지린내가 술병 속에 담긴다.

그걸 또 마시는 거리의 흉물
그에게 무슨 흉이 졌는지는 그만이 알 수 있고
그러나 모를 수도 있고 몰라도 된다, 그저
그의 입술에서 흘러내리는 중얼거림이
소주에 섞여 들어가는 주정

전봇대에 방뇨하다 호루라기 쫓아오는 소리,
주정뱅이의 쫓기고 쫓기는 인생,
초록 파편이 그에게 슬며시, 새로운 흉을 남기고
그는 달린다 달린다 그는 달린다
달려라, 달려라, 흉물아 달려라,

나뭇가지에도 초록 파편 나부끼는데
새벽의 찬바람은 베여 흉 지고
노랗게 얼어붙은 태양이 뜬다.

4부 깊고 푸른 총성

비가 내리는 음악 속에서

귀를 막은 이어폰의 전기 튀는 소리일까
빗소리가 타닥 타닥 들려와
비가 없는데

비가 더 이상 내리지 않는 이곳
마른 곳에는 정전기가 잘 일어나지
메마른 땅 위를 걸을 때마다 따끔한 이곳
나뭇가지 서로 부딪혀 튀는 불꽃
이불 밖은 위험해 가습기를 틀어놓고

이어폰은 건조한 세상을 봉쇄하는 음악의 통로
이 세상 사람들은 모두
각자의 귓바퀴를 각자의 음악으로 채우지
이제 그들은 촉촉하고
세상은 더 건조해졌어

이어폰 속에서 비가 내리는 소리가 들려
이제는 이어폰을 탁자 위에 올려두어야 할까
아니면 환상의 비를 맞이해야 할까

유년이 쌓여간다

고결한 친구는 내가 사는 놀이터 흙을 퍼서 삼켰다. 친구의 몸은 체와 같아서 모래는 몸 밖으로 쏟아졌다. 뱃속에선 자갈이 서로 부딪히는 소리가 났다. 나도 친구 따라 내 놀이터 흙을 먹었다. 친구는 내 등을 두들겼다. 친구는 내가 더러운 인간이어서 몸에 망이 없다고 했다. 아무리 두들겨 패져도 모래도 자갈도 나오지 않았다.

친구는 뱃속 자갈이 싫다고 했다. 내 놀이터를 욕보이게 하고 싶다 했다. 바지춤을 내려 오줌을 갈겼다. 흙은 지린내가 배며 질척해져갔다. 내 뱃속도 촉촉해진 느낌이었다. 친구는 뱃속에서 자갈을 달그락거리며 흐뭇해했다. 내 뱃속에서는 자갈이 굴러다니지 않는다.

너는 내 놀이터로 놀러온 귀중한 손님. 자갈 소리를 영롱하게 내는 친구가 말하길, 네가 날 초대했으므로 내가 탈이 나면 무조건 네 잘못이다. 그래도 친구야 넌 내가 받들어 모실 친구다. 너는 내 놀이터로 들어온 유일한 손님.

나도 친구 놀이터로 놀러가고 싶었다. 안 된다고 했다. 자기 놀이터에는 모래도 자갈도 없다고. 나는 친구네 모래와 자갈을 먹어보고 싶었다. 뭐가 다를까? 미끄럼틀이랑 그네를 타 보고 싶어. 내 놀이터는 오직

흙뿐이잖아. 친구야 네 집에는 미끄럼틀 있지? 그네도 있지?

  친구네 집에서 미끄럼틀 위로 올라갔다 친구는 내 등을 밀쳐 내려뜨렸다 친구는 말했다 금방 내려갈게 나는 바닥에 내려앉았다 흙이 없다는 건 거짓말이었다 친구 놀이터는 모래도 자갈도 많았다 흙을 퍼 먹었다 모래도 자갈도 내 몸을 빠져나왔다 이상했다 친구가 내려오길 계속 기다렸다 친구는 오지 않았다
  그네로 갔다 그네에 앉아 몸을 앞뒤로 움직였다 발을 구르다 구를 수 없을 정도로 그네가 빨라질 때 발을 공중에 띄웠다 그네는 높이 올라 친구 놀이터가 한 눈에 다 보였다 저 아래 흙바닥에 거꾸로 처박혀 몸만 버둥거리는 친구가 있었다 언제 친구는 미끄럼틀을 미끄러져 내렸나 어떻게 내려갔길래 그렇게 된 건가 구해주지 않으면 숨이 막혀 죽을 것이다 친구는 거꾸로 서서 오줌을 지렸다

  그네는 십 초가 지나도 이십 초가 지나도 느려지지 않는다 그네를 타는 동안 키가 컸는데도 발을 땅에 대지 못한다 이십 초 동안 숨이 막혔을 친구는 마르지 않는 흙 속에서 아직도 꿈틀대고 있다 이곳은 폐허가

된 놀이터 키가 훌쩍 커버린 나는 내 놀이터를 찾지
않는다 그곳은 유적지가 될 놀이터

기형적 회개

끔벅이는 거미집의 눈썹과
함몰하는 화분의 아가리
눈곱을 떼어내는 먼지와
이를 가는 식탁

추운 침실은 창문을 열어두었고
방문은 닫아놓았다.
열려있는 현관문.

눈 감은 리라가 현관문으로 흘러 들어오다
읊어야 할 전언을 잊은 천사로 걸어 나가는

창문에는 석양만이 내려앉고

열어놓은 현관문.
창문은 열려있다.
방문은
닫혀있다.
침대를 감싼 이불을 뒤집는

넘어져있는 식탁.
넘쳐버린 먼지.

비어있는 화분.
눈꺼풀 잃은 거미집.

난쟁이 공장장의 오류

초월이란 굳어가는 꿈의
불순물을 거부하는 결정체

꿈 공장이 쉴 새 없이 뱉어내는 꿈을
꿈 공장장은 나 몰라라 눈 감고

꿈 섞인 가래를 뱉는 공장 굴뚝은
입가에 묻은 부스러기를 핥는다

공장장도 혀를 꿈틀댄다
침을 흘리며

꿈으로 푸는 점괘
풀린 털실을 돌돌 풀며

연작시를 지어보자
        랜덤 보이 킬 더 와이프
        랜덤 걸 타이 더 스카프
        레이디스 앤 젠틀맨, 나이프 하이픈 나이프
굴뚝은 이 모든 것에 입맛을 다신다

연작을 멈추지 않는

꿈 공장장의 자학적 퍼포먼스

너는 곧 죽는다 나는 곧 죽는다
그러므로 너는 나이다

나는 오른손잡이로소이다

공중에 빗금을 긋는다
네모풍경 왼 끝부터 오른 끝까지
빗금 하나를, 간편한 손놀림으로

이건 칼집이다
풍경 속
모든 사물이 두 동강 난다,
사람들은 빼고.

(사실 그들도 베였으면
좋겠어, 이차원 인간들
불가능해, 삼차원 인간들
삼차원, 이세계(異世界) 사람들)

그럼 이건 빗줄기다
단 한 방울만 내린
지나간 흔적이 지워지지 않은

풍경 속
모든 사물이 빗금만큼 촉촉하다,
사람들은 또 빼고.

(빗줄기 흔적은 창문 위로 남는 법. 버스 창문, 전철 창문, 이착륙 중인
 하늘 아래 비행기 창문, 유비추리. 저들은 촉촉하지 않네. 그들과 나는 같은 실내에 있는 건가?
 그러나 그들은 이세계 인류. 따라서 이곳은 하늘 위라는 결론.)

 지쳐, 사람 말고 사물들에
 관심이 갔으면 좋겠는데
 (사물 각각이 뭔지 모르겠어)
 불가능해, 삼차원 사물들, 익숙한 것들

 나는 거꾸로 매달려 서겠다, 그러면
 빗금은 오른 끝에서 왼 끝으로 그은 것이 되고
 이건 의도한 불편성이다

 사물들은 더 이상 다치지도 젖지도 않지만
 이미 다쳤고 젖었다. 복구되지 않고
 복기되지도 않는 것들.

 하늘 위에 살던 인류들은 이제
 왼손잡이였다가 오른손잡이가 되어서는

다치고 젖을 것이다

나는 같은 손으로
불편한 자세로
편한 마음으로 한 끼 식사를 한다

사물들이 보이기 시작한다
이곳은 하늘의 반대편
지하세계로소이다

지하세계의 오른손잡이들이 온다
손 안에 빗금들을 나눠 들고 오는
날카롭고도 촉촉한 나의 동족들.

턱이 녹는다

턱 끝에서 고드름 자라려 하면
온풍기에 녹아버리는
훈훈한 버스 안에서
흔들리며 간다

거친 엔진은 자장가
불안한 리듬이
단조로운 발을 타고
흐르며 간다
흐느끼며 간다

하차 문이 열리면
훈기가 가시는
철제 버스에 담겨
엽서 마냥 흔들린다

달리는 버스
하차 문으로
문을 열어달라고 두드려

그러나 종착역은 멀었다
내려야 할 역을 지나쳤다

그 정류장에
고드름이 많아서

얼음 턱을 타고 흐르는
엔진의 리듬은
단조로워졌어
물 똑 똑 떨구면서도
잘도 자랐어.

이중창문

많은 입들이 응축된
알사탕을 삼킨다
그 입들은 내가 마주한
사람들의 것

다변(多辯)적인 사람이고 싶어
입 안에서 사탕을 굴리면
사탕은 달콤해
입 안에 입들 녹아 나온다

입 속의 입
그들이 내게 했음직한 말을 발화해본다
너를 사랑한다는 말과
너를 싫어한다는 말
한 입이 두 말을
동시에 흘릴 수는 없어서

너에게 관심을 주지 않겠다는
말이 그들의 입에서 나오고
그 말들은 다시 내 입 속에서
녹는다. 침과 섞여 변질된다.

너에게 관심이 없다
너는 흐릿한 기억으로 남아있다
끝에 내 입은 가장 변질된 말을 고르게 된다.
나는 너를 모른다

입 속의 입들
모두 녹아 사라지면
혀에 사탕 달달함이 남아 감긴다

두 개의 밤

깊고 푸른 늑대가 하늘을 뛰넘는 밤,
숲은 진녹의 밤을 안고 있다.

숲속 나무 한 그루를 끼고 돌자.
돌자 한 그루씩만 끼고

늑대가 두 개의 밤을 모두 물어뜯기 전에
한 그루 한 그루 나무껍질을 벗겨내고

모든 나무의 나체를 보기 전에, 늑대의 입가에는
진녹의 피가 묻어 있을 거야
그래서, 그래서 나는,

이제 나는 한 그루 한 그루 쓰다듬을 수 있고
깊고 푸른 총성이 숲속을 메아리친다.

5부 눈 시린 눈보라인걸

안식처라는 목옥(木獄)

 태양의 섬광에 부스러지는 피부를
 손으로 눌러 지키며 나무 아래로 숨었다
 나의 살점은 단단한 나무보단
 한줌 바람에도 흔들리는 풀잎과 같기에.
 나무 그늘 아래서 새살이 돋길 기다리지만
 부스러진 살점 아래로 드러난 나의 심장은, 나무같이
딱딱하기에.
 나무 밑에서 나무는 왜 자라지 못할까, 생각했다.

 해는 졌고
 새살은 이미 메꿔졌지만
 그 나무 아래로 계속 숨었다.
 내가 꼭 안고 있는 나무는
 낮에도 밤에도, 그늘이 되어준다.

봄이 온 내게 언제 봄이 올까요

봄은 창밖에 서렸지만
이곳 작은 방은 아직
나목입니다.

창틀에서 위험한 꽃이 핍니다
꽃을 보면 그때가 생각납니다,

꽃이 심장을 좀먹고
나는 그 자리에서 발작할 거요

저에게는 합병증이 있습니다.
하루 종일 침대 속에 잠기는 병과
해괴한 일상 속에서, 익숙하게
불규칙한 심
박 그
래프를그리는병—

일상을 피해 숨어있던 나만의 침상에서
심장에 뿌리 내린 꽃의 오르골이 재생되고
흘러나오는 봄이 방 안을 채웁니다.
나의 방은 정말로, 나목.

나만의 봄은 원치 않아요.
모두가 말하는 그런 봄, 그런 봄이 오면
나목 위로
아름답게 얼룩진 꽃을 피우겠어요.

오르골이 멈추고 다시,
겨울이 오고 있습니다.

아버지의 젖소

젖소 등에 올라타 이랴
엄마 아빠 다녀올게
카우보이모자를 쓰고
젖소가 엄마아 하며 달린다
이것이 아빠는 왜 안 부르냐

*

젖소가 풀을 뜯어먹는 동안
젖소의 젖을 짜서 우유를 마신다
어쩐지 우유에서 풀 내가 난다

*

아주머니 우유 가지러 왔어요
아주머니께서는 자기 목장의 신선한 우유 한통을 주
신다
그러면서 내 카우보이모자를 보고는 끄덕이며 뒤돌아
가신다

돌아가자 젖소야 이랴

*

젖소가 풀을 뜯어먹는 동안
젖소의 젖을 짜서 우유를 마신다
우유 통은 온전하다

*

엄마 아빠 다녀왔어요

우리 집 젖소의 우유는 아이스크림용 우유다
심부름하고 와서 먹는 우리 집 특제 아이스크림은 어
찌나 맛있는지

*

배탈이 났나

푸드득

화장실 밖으로
풀 내 가득한 하얀 새떼가 날아갔다

*

아빠는 옛날부터 집에 돌아오지 않았다

민달팽이 슬픔

슬픔은 유한해야 했다
비가 왔기에
거짓된 민달팽이는 집을 찾아 나섰고
떠난 자리에 남은 점액질은
식어갔다
구름이 걷히면
말라 부스러질
그 따스한 한계
일생이 차가워야 하는
민달팽이가 집을 찾아나서는 행위는
거짓되다

집이 멀어져갔다
그러나 집은 무한한 공간을 품어서
나를 계속 회귀시켰다
나의 큰 보폭에 맞추어 따라오던 민달팽이는
따라서 집을 찾았다고 말해야 했다
무언의 약속은 파기될 계약이기에
내가 앉아있는 소파 옆에서 끊임없이 방황해야 했다
무한해서는 안 됐다, 슬픔은.

별들의 거짓말

보이지 않는 거니? 네 입가에는 생채기가 너무 많아.
별모래로 빚은 잔에 네 입술이 쓸릴 때마다 너는
잔 속에 든 반짝이는 물을 의심했다,
나의 잘못을 덮어두고

매일 밤 손가락으로
하늘 이편에서 저편을,
다시 저편에서 이편을 가리키며
한 바퀴를 돌았다.
그렇게 나는 제자리에서
우주를 훑을 수 있었다.
그러면 우주가 내 눈에
별빛을 촘촘히 수놓아주었다.

주변 모든 것은 모두 반짝여갔고
당연히도, 너도 반짝였다.
내가 잔을 빚은 것은 어쩌면
내 눈에 물을 주고 싶었던 걸 수도
별빛이 식물처럼 자라나
햇빛을 가리는 잎사귀처럼 눈을 멀게 하도록.

너는

물이 따갑다고 말했고
아마
잔이 안에서부터 무너져
별모래라는 잔해가
물속에 섞여 들어갔을 거야,
이 말을 나는 밤하늘에 비밀로 부쳤다

너는 정말로
생채기가 보이지 않는다고
하늘보다 낮게 입꼬리를 올리며
거짓말한다.

단체사진

플래시가 터진 순간
하얀 세계 속에서
우리는 영사기를 튼다.

봄나비가 꽃을 처음 바라보던 때
매미들이 새벽부터 노래하던 때
귀뚜라미 밤이 깊어 함께 울던 때
그리고 모여 놀던 날벌레
흩어져 사라지게 될 때.

만남이 영원할 수 없는 걸 알기에
영원할 사진을 찍는다,
거짓 웃음이 박제된.

사진은 순간에 핀을 꽂은 표본액자
그리고 헤어짐은, 순간의 영원을
순간다운 순간으로 깨는 추락.

표본의 웃음이 풀리고
눈이 감긴다.

웃음기도 없고 눈도 감긴

버려질 사진. 그러나
살아 움직이기에 완성된 사진

나는 그 비로소의 완성이 너무나 아려워
친구들의 날개를 찢어 바람에 날린다

조각들과 함께 날벌레 흩어지고
땅에 퍼진 사진들은 꽃으로 피어나
새로운 만남을 준비하는 나의 나비를 맞기를 바라며.
다시 박제될

눈이 시려서

네 눈동자를 언제 봤는지 모르겠다.
그 눈동자에는 나무가 뿌리박고 자라고 있던가
나의 다리는 땅에 박혀 있는데.
눈동자가 바다에 파여 들어가고 있던가
나의 손톱은 분홍파도로, 움푹해지고 있는데.
눈동자 안으로 새가
제 몸을 터뜨리고 나뒹굴어 있던가
나의 머리카락은 뚝
떨어져
바닥에서 터졌는데.
아니면 미쳐 날뛰는 눈보라가 잠들어 있던가
내 심장은 꽁꽁 얼어서 콰당 콰 당 쾅…… 당……

그러나 내 눈동자는 변함없구나.
이번에 너를 바라볼 때는, 네 눈동자도 바라볼 수 있
을까
언제나 눈이 마주친 순간
나도 모르게 고개를 살짝 돌리지만
돌아간 나의 목은

말라 비틀어져 금 가는 나무
금에서 솟구쳐 나오는 바다

바다 한가운데 떨어진 깃털을
주섬주섬 주워 입는 부끄러운 새
그리고 나의 눈동자는
새의 부리에서 네 눈동자로 뿜어내는,

눈 시린 눈보라인걸.

공중에 매달리던

가을 낙엽 부서져 부스러기
보행로 구석에 쓸려 있다
밤이 되면 다시 흩어질
깨진 낙엽 조각들이 주욱 늘어서 있다
누구도 굳이 그 위로 걸음을 옮기지 않는다
걸어도 발은 다치지 않을 텐데

겨울에는 낙엽 대신 눈이 쌓여있지
눈은 꼭 한 번 밟아보고 가지,
밟으면 발이 젖을 줄 알면서도 말이야.
눈은 뽀득거려, 하늘에서 내리고
하늘 위에 생겨서는 성겨 내리고
낙엽은 버석거려, 나뭇가지에서 내리고
나무 아래로 비틀대며 비애로 내리고

길을 걷다가 반대편에서
모르는 사람이 다가오면
언제나 옆으로 피하는 나.
하는 수 없이, 낙엽 쌓인 쪽으로
발걸음 옮기면, 부스러기들, 뻣뻣하게,
유리조각 되어 신발창을 찌른다
흠집조차 내지 못할 정도로

그러면서 또 부서지는 것들

눈은 발자국을 남겨주고
낙엽은 찌르르 남아간다
모르는 사람 이미 스쳐갔지만
계속 갈색 길을 걷는다
내가 갈 길, 버석버석, 버석버석
조각들 더 잘게 부수며

걷는다. 나무 위에 있던 잎들
상상하며. 그렇게 나무 위를
걷는 듯이, 공중을 걷는 듯이.
흠집 없이 아린 발.

눈은 계속 멀어라

안개 속은 한 치 앞도 보이지 않았다
내 옆에 같이 있던 사람아,
제 곁에 여전히 같이 있어주고 계십니까

보이지 않으면 믿을 수 없습니다
부재를 믿게 됩니다

그 믿음은 확인하고 싶지 않으니
안개를 거두지 마십시오
이 내 말 들리겠나요
안개는 걷히겠지요
차라리 눈을 감겠습니다

바람이 머리를 쓰다듬는다

까만 밤 위로 고양이가 눈을 뜬다
새끼 고양이가 엄마 찾아
서럽게 우는 소리가 울리다
어미 고양이 따라 우는 소리 울려오면
새끼 고양이 울음이 멎는다

개미지옥

언제나 고개를 숙이고 다녔지.
땅을 바라보고 있노라면,
개미가 눈알을 파먹고 있다.
땅을 딛고 서 있지만
개미지옥에 빠진 듯
가라앉는다.

개미를 잡아먹는 개미귀신이 산대서 개미지옥
그러나 이미 지상도 지옥입니다
지옥이 아닌 곳은 어디입니까,

몸속은 개미굴이 되었다.
개미가 혈관을 따라
적혈구를 나르고
간에다가
알을 깐다.

지옥을 벗어날 수 없다면
지옥을, 사랑해야겠지요.
무릎을 꿇고 몸을 숙여, 땅에 엎드렸다

앞으로도 고개를

숙이고 다니겠지,
애틋하게 땅을 바라보며
눈알은 개미가 모두 파먹어버렸지만.

잠자리가 날아간다.
개미는 추락한다.
빈속으로, 노래하겠다

나무아래 새들 즐거이

나무에 몸을 들이민다
나무는 나에게 틈을 허락해준다
거친 목질에 긁히면서도
몸을 비비니

가지 위에 앉아
몸을 비볐던 새들은
그 격렬함에
날개에 금이 갔다

새들을 감싸던 잎사귀들
새장처럼 빗장을
치는 것만 같다
새들은 나무에서 떠날 수 없다

나는 나무 속으로 걸어들어간다
잎들은 흩어지고
바닥 위로 쌓이고
새들의 탈출 ― 땅으로 추락하기

나는 목질을 뜯어
낙엽더미 위로 떨어진 새들은

살아있기를
그 위로 담요를 덮어주고

나는 이제 뿌리 속으로
온화해진 새장의
장식잎을 한 장 들고
들어갈게요

Sound Track f(x)

냉장고 안에 주스도 미지근해
바로 이 순간 내 목적은 단 하나야

Chemical-X
유리병을 눈에 대고

붉은 태양과
어지럽혀진 별이 정렬된 그때

에메랄드 훔쳐 박은
얼음을 깨문 입속
레몬보다 부드럽고

페스츄리처럼
신비로운 미로
실밥 하나 보이지 않네

기억 속의 흔적을 따라
아득한 그 가운데 난 리모컨을 눌러봐
색깔 없는 빛을 타고

다들 날 마녀라고 해

투명한 그 몸에 그물 던져볼까

세상에 가장 비싼 건 뭘까?

밀크쉐이크

사실 난 아이스크림
굳이 무게를 잰다면 44캐럿
위험한 맛 내가 골랐지

스릴 넘쳐

로직 속에 또 얽힌
떨려오는 태초 같은 시간
무거운 중력 위를 걸어

운동화 당첨

이미 한계를 넘어선
이 시공의 벽을 넘어

먼지비에 젖었니

선명히 빛나는 신기루

입체적인 이 사랑과
저 테이블 아래로 그녀 핸드백
벽을 뚫고 자라난다

깊은 침묵 속에 담겨진 이야기

태양을 따라야 해

터질 듯 긴장한 세계

널 따라서 시간이 째깍?
별나라 갈래

서로에게 찾자 빛으로 찬 특별한 비상구

1행: f(x) 3집 정규앨범 『Red Light』 6번 수록곡 「바캉스 (Vacance)」

2행: f(x) 4집 정규앨범 『4 Walls』 5번 수록곡 「Rude Love」

3행: f(x) 4집 정규앨범 『4 Walls』 4번 수록곡 「X」

4행: f(x) 3집 정규앨범 『Red Light』 2번 수록곡 「MILK」

5행: f(x) 3집 정규앨범 『Red Light』 1번 Title곡 「Red Light」

6행: f(x) 4집 정규앨범 『4 Walls』 2번 수록곡 「Glitter」

7행: f(x) 1집 정규앨범 『피노키오』 1번 Title곡 「피노키오 (Danger)」

8행: f(x) 1집 리패키지앨범 『Hot Summer』 1번 Title곡 「Hot Summer」

9행: f(x) 1집 정규앨범 『피노키오』 2번 수록곡 「빙그르 (Sweet Witches)」

10행: 8행과 동일.

11행: f(x) 4집 정규앨범 『4 Walls』 1번 Title곡 「4 Walls」

12행: f(x) 4집 정규앨범 『4 Walls』 7번 수록곡 「Traveler (Feat. 지코(ZICO))」

13행: f(x) 4집 정규앨범 『4 Walls』 3번 수록곡 「Deja Vu」

14행: 13행과 동일.

15행: f(x) 2집 미니앨범 『Electric Shock』 4번 수록곡

「Beautiful Stranger (by f(Amber+Luna+Krystal))」

16행: f(x) 2집 정규앨범 『Pink Tape』 3번 수록곡 「Pretty Girl」

17행: f(x) 2집 정규앨범 『Pink Tape』 5번 수록곡 「시그널 (Signal)」

18행: f(x) 4집 정규앨범 『4 Walls』 9번 수록곡 「Cash Me Out」

19행: f(x) 1집 미니앨범 『Nu 예삐오 (NU ABO)』 4번 수록곡 「아이스크림 (Ice Cream)」

20행: 19행과 동일.

21행: f(x) 4집 정규앨범 『4 Walls』 6번 수록곡 「Diamond」

22행: f(x) 4집 정규앨범 『4 Walls』 8번 수록곡 「Papi」

23행: f(x) 1집 정규앨범 『피노키오』 8번 수록곡 「My Style」

24행: f(x) 3집 정규앨범 『Red Light』 3번 수록곡 「나비 (Butterfly)」

25행: 24행과 동일.

26행: f(x) 2집 정규앨범 『Pink Tape』 8번 수록곡 「Airplane」

27행: f(x) 2집 정규앨범 『Pink Tape』 6번 수록곡 「Step」

28행: f(x) 2집 미니앨범 『Electric Shock』 1번 Title곡 「Electric Shock」

29행: f(x) SM STATION 『All Mine』 1번 Title곡 「All

Mine」

30행: f(x) 1집 정규앨범 『피노키오』 6번 수록곡 「아이 (Love)」

31행: 11행과 동일.

32행: 2행과 동일.

33행: f(x) 디지털 싱글 앨범 『라차타 (LA chA TA)』 1번 Title곡 「라차타(LA chA TA)」

34행: f(x) 2집 정규앨범 『Pink Tape』 1번 Title곡 「첫사랑니 (Rum Pum Pum Pum)」

35행: 15행과 동일.

36행: f(x) 3집 정규앨범 『Red Light』 9번 수록곡 「Dracula」

37행: 22행과 동일.

38행: f(x) 2집 정규앨범 『Pink Tape』 9번 수록곡 「Toy」

39행: f(x) 2집 미니앨범 『Electric Shock』 2번 수록곡 「제트별 (Jet)」

40행: 5행과 동일.

1인실

내 것인지 네 것인지 모르겠는 고요가
네 손 위로 쌓여간다.
커피 캔과 쪽지가 쌓여있는 자리로 너는 돌아와서는
쪽지를 하나씩 찢고 모아 쓰레기통에 버린다.

너에게는 비난과 저주가 쏟아질 거야.

고요를 메우는 똑딱
커피 캔 따는 소리, 부수적인 사랑에만 화답하는
네 목 넘김 소리.
근데 있잖아, 너 괜찮니
커피를 몇 캔을 들이붓는 거야
이러다 정말 큰일 나.

눈이 튀어나올 듯이 너는
키키키 웃으며, 순식간에 착색된 이빨을 드러내며
나에게 말한다, 걱정해주는 척 말라고.

맞아 너에게는 비난과 저주가 쏟아질 거야
그리고 네가 그것들을 꿀꺽꿀꺽 담아둘 것도 알지
그 모두 또한 네가 좋아하는,
부수적인 사랑이기 때문이란다

발문

보여주고픈 내가 있은 후에 하고픈 말이 생겼다

김동영(저자)

어느 대형출판사에서 나온 시집을 읽었다. 나름 두께가 있는 시집이었지만, 하루 만에 독파했다. 음미할 구석이라곤 하나도 없었기 때문이었다. 이 시집의 스타일이 — 시어, 정서 등이 — 내 취향에 가까웠음에도 별로였다.

그 출판사는 시집으로 유명하다. 그런 곳에서 시인'선'(詩人選)으로 보인 작가라면, 그 권위로 작품성에 수긍할 법도 했는데, 적잖이 당황했다. 많지는 않지만, 나는 지금껏 두세 개의 창작 강좌를 들으며 습작생들끼리 합평의 자리를 가져 보았다. 그때 서로 많이 지적하고 지적되는 문제점들을 그 작가의 詩들 모두가 보이고 있었다.

그리고 작가 소개를 읽었다. 화가 났다. 그 좁다는 등단 제도를 거치지 않고, 그 출판사 문예지로 시를 발표하며 데뷔한 작가였던 것이다. 순간 느꼈다. 권위 있는 곳도 결국 다, 자기네들끼리 해먹는 거구나. 수없이 등단에 목메고, 투고한 후 하루하루 기대 속에 살다가, 좌절하길 반복했는데, 그런 거구나.

그렇게 독립출판사를 세우고 내 시집을 자비출판 해야겠다고 생각했다. 더러워서 내가 하련다! 그래도 등단에 미련이 가는 건 어쩔 수 없었다. 사실 지금도 미련이 간다. 그 고고한 문단에 겨우 발을 들여도 지면을 얻을 수 있을까 말까란다. 시집을 내는 건 더 어렵고, 겨우 시집을 내도 읽히지도 않는단다.

기성 작가도 그 정도인데 자비출판 시집을 그 누가 읽어주겠나. 심지어 나는 문예창작전공도, 국어국문전공도 아닌 일개 이과생이다. 내 이력만 보고는 내 작품성에 신뢰도란 0에 가깝겠구나, 생각했다.

여러 번 회의에 빠진다. 나는 왜 그렇게 많은 이들에게 읽히려고 이 짓거리 중인가? 그냥 어디 소모임에 들어가서 소소히 작품을 나누면 족하지 않을까. 그러나 절.대. 싫었다. 동네방네 외치고 싶었다. "김동영 여기 있소이다!"

그래, 근데 그 다음엔 어쩌라고? 네가 뭐라고? 너는 뭘 말하고 싶은 건데? 나의 대답은, "……." 아무리 생각해보아도 그런 건 없었다. 나는 말하고 싶은 게 없다. 다만, '읽히길' 원했다, "김동영이란 이런 사람이오!"

말문이 터지기 시작한다. "세상에 김동영이라는 사람이 살고 있소. 나를 봐주시오. 그리고 내가 살고 있다고, 살아가고 있다고, 고개를 끄덕여주시오! 나를 지우지 마시오. 지우지 마세요, 제발 지우지 말아주세요, 지우지 않으시면 안 될까요……."

내 존재가 드디어 인정받기 시작한다(물론 상상 속에서). 갑자기 나를 읽어준 사람들에게 하고 싶은 말이 생긴다. "김동영이라는 이런 이상한 사람도 있소! 그러니 당신도 살아가시오. 잘 살아가세요. 나를 받아준 그대를 내가 소중히 기억하니까요……."

나 좀 봐보세요, 대단하지 않나요? 작품성을 자부하며 목을 꼿꼿이 세우고, 기성 작가를 한 사람으로서가 아니라 하나의 소비재로서 품평하며 등단만을 바라보던 나는 멀리 도망갔다. 칭찬을 '듣고 싶던' 내 대신 비루한 나만이 남았을 때, 나 좀 봐주세요, 내 말 좀 들어주세요, 절박하게 '얘기하고 싶은' 말이 생겼다.

내가 쓴 詩들이 사라지고, 내가 나타났다. 내가 나타나니, 사라졌던 詩들이 모여 詩集으로 나타났다. 더 이상은 내 것만은 아닌 詩들이 지은 시집(house)이 나를 부른다. 나는 그 생경한 집 내부를 둘러보며 침대에 평안히 몸을 눕힌다. 당신이 집에 들어와 주길 기대하며, 초조함에 잠을 이루지 못하며.

해설

이런 사랑스러운 저주 같으니

김동영(저자)

　문단으로 진입을 시도하는 데에 지친 나는, 내 시집에 대한 해설을 다른 문학평론가에게 맡기지 않겠다! ⋯⋯라고 하면 참으로 거짓말이다. 문학에 조예가 깊은 사람이 내 시를 어떻게 느낄까 정말 궁금하다. 하지만 나의 인맥은 심각하게 좁다. 게다가 가늘다. 책을 읽는 사람을 조금이나마 아는 게 다행이요, 하지만 그중 문학을 좋아하는 사람이란⋯⋯. 꾸역꾸역 찾아내도 학업에 바쁜 그들이다. 친구 좀 잘 사귀어둘걸. 그래서 해설도 내가 쓴다. 뭐, 이런 게 또 작은 출판의 묘미 아니겠나, 라고 합리화해본다.

　해설에 들어가기에 앞서, 내 해설이 정답이 아니며, 따라서 독자 분들께서 그대로 받아들이지 않았으면 하는 바람을 밝힌다. 창작 당시 시편 하나하나에 어떠한 전언을 심지 않았다. 물론 그 시편들을 엮으며 시작(詩作) 당시의 느낌이 언뜻 되살아난 것도 사실이고, 시집의 맥락 즉 새로운 의미를 창출하고자 한 것도 사실이다. 그러나 이 또한 어떤 철저한 계산 하에 엮은 것이 아니다. 시집의 맥락은 내 삶이 전적으로 투영되었을 수도 있고, 살면서 이루지 못한 욕망을 충족하고픈 소망의 맥락일 수도 있다. 지금 내 손으로 해설을 쓰며 처음 의미를 언어로 체계화하고 있는 것이다.

그마저도 나의 고정불변한 견해가 아닐 테다. 글을 쓰는 지금 내가 처한 상황, 나의 컨디션, 기분, 오늘의 바로 전날 일들과 바로 내일 있을 일들이 주는 해방과 압박 등등. 이 모든 것들이 영향을 주고받는, 모든 '연속적인 현재' 중 한 시점에 있는 해설이다.

서론이 길었다. 내 시집은 나에게 무엇일까, 그건 다시 당신 독자 분들에게 어떤 의미로 전달될까, 궁금하다.

움직이면 안 돼, 너에게 저주가 쏟아질 거야

나는 정말로 친한 사람이 없다. 누군가 가까이 다가오면 밀쳐낸다. 그럴 때마다 후회하면서, 또 그 짓을 반복한다. 내가 놓아 버려놓고, 놓치면 안 돼, 그를 좇는다. 따라하고 싶다, 닮고 싶다, 그러면 다시 같이 지낼 수도 있겠다.

> 하나라도 같아지기 위해
> 와인 잔에 물고기 한 마리를 사서 넣었다
> 0과 1은 큰 차이였지만
> 1과 2는 작은 차이니까
>
> 하지만 동생은
> 1과 1이라고 좋아했다
>
> ― 「와인 잔은 와인 잔이 아니야.
> 열대야」에서

너에게는 무언가가 있다. 나에게는 그 무언가가 없다. 그런데 그 무언가란 무엇일까. 부러운 것? 그건 가질 수 없는 그것에 질투를 부를 거다. 탐나는 것? 그건 그것을 빼앗기 위해 너를 공격하도록 만들 것이다.

아, 그렇다. 탐나는 것이 맞을 거다. 무언가란 네가 있는 자리이다. 너에게는 너의 자리가 있고, 나에게는 너의 자리가 없다. 너의 자리를 탐하기 위해, 나는 너를 공격하러 나선다. 공격하기 위해, 나는 너에게로 다가간다.

하지만 나의 공격은, 최소한 겉으로는 폭력적이지 않다. 애원하는 것, 그것이 내 공격이다. 너는 선택해야 한다. 나를 받아줄 것인가, 나를 밀어낼 것인가?

> 내가 그대의 가시를 돋운 건가요
> 그대여, 내 드린 꽃잎과 당신의 잎사귀가
> 너무나 잘 어울립니다
> 내가 그대 곁에 머물 수 없게
>
> 따갑지만 당신
> 차라리 가시를 거두지 마세요
> 그대에게 어울리는 모습이어서
> 나는 웁니다
>
> ― 「따가워요」에서

나를 밀어내는 것이 너의 선택인건가? 그렇다면 폭력적인 건 너이다. 너는 가시를 내세운다. 너는 패배했다. 나는 너의 그 모습을 순순히 받아들일 테니.

> 죽음의 문턱을 넘고 넘는 시간
>
> 새는 유리창에 머리를 찧고
> 피는 사선을 그으며 튄다
>
> 와아아 걸렸대요 걸렸대요
> 가지를 넘어뜨린 아이가 떼를 쓰면

모래언덕은 다시 쌓여 올라간다

— 「사선」에서

너는 모래언덕 위 쓰러진 나뭇가지. 너는 패배했다. 나는 패배하지 않았다. 다만 승리하지도 않았다. 나는 그대로 추락한다. 고꾸라진다. 너를 좇아야 하는데, 좇아야 하는데, 이상한 것들이 다가온다. 내가 떠나보냈던, 혹은 버려왔던 사람들.

나는 거꾸로 매달려 서겠다, 그러면
빗금은 오른 끝에서 왼 끝으로 그은 것이 되고
이건 의도한 불편성이다

[…]

지하세계의 오른손잡이들이 온다
손 안에 빗금들을 나눠 들고 오는
날카롭고도 촉촉한 나의 동족들.

— 「나는 오른손잡이로소이다」에서

내가 왜 그랬지, 생각해봤자 늦었다. 그게 후회를 의미하지는 않는다. 그건 '의도한 불편'함이었다. 그들이 다가오는 게 불편하였고, 내가 그들을 내치는 것은 더욱 불편한 일. 하지만 그 이후를 내다보며 감내한 일. 서로에게 집착하지 않고, 각자 갈 길 위한 길.

나는 내 갈 길 가는 데에 실패했다. 그것이 확인된 결과. 너희는 제 갈 길들 잘 갔을 거다. 그것은 짐작한 결과. 꿈을 꿨다. 지옥에 갔다. 너희들이 나에게 온다. 나 자신에게 버려진 나에게 오는 동족들. 나에게 버려진 똑같은 너희들. 이것은 확인되지 않은 결과. 그러나 악몽 속에 떠도는 결과들.

　나는 진짜 지옥으로 가는 버스를 타러 가야겠다.

　　　버스 정류소 앞에
　　　줄이 늘어서 있다

　　　앞사람은 표지판에 머리를 찧는다
　　　기둥이 피를 마신다

　　　뒷사람은 혼잣말을 중얼거린다
　　　목을 긁고 가는 스테레오

　　　옆 사람은 무서워요, 몸을 떤다
　　　떨림은 떨림을 부른다

　　　여기는 정신이상자들의 집합
　　　그들은 규칙적 간격을 두고 서 있다

　　　정류소 앞에 도착한 버스는 포화상태
　　　그 안에 앞 뒤 옆이란 없다
　　　서로 깔고 깔리는 탑승객들
　　　버스는 혀를 끌끌 차듯 시동을 건다

　　　아수라장 틈 구석 칸에 앉은
　　　깔고 깔림 따위 모르는 고고한 기사님 말씀
　　하시길
　　　다음 버스를 타세요 금방 올 거랍니다

　　　짓눌린 승객들은 차창 밖을 보며
　　　고개를 젓는다
　　　피로 다잉메시지를 쓰며
　　　목에 데드라인을 그리며

> 정류소에 늘어선 사람들
> 공명으로 비상벨을 울린다
>
> ― 「지옥으로 가는 버스」 전문

버스 정류장 맨 뒷줄에 서 있는 나는 이 행렬에서 가장 정신이 온전치 않은 자. 앞줄에 있을수록 사람들은 멀쩡해진다. 몸을 떨거나, 혼잣말을 중얼거리거나, 머리를 쥧거나, 지옥을 지옥답게 보는 멀쩡한 자들. 나는 그들의 모습이 두렵다. 나는 아직 지옥에 갈 때가 아닌가보다. 지옥을 지옥답게 보지 못해서 지옥이 무섭다. 다시 떠나야겠다. 제자리에 주저앉음으로써 떠나야겠다.

> 일생이 차가워야 하는
> 민달팽이가 집을 찾아나서는 행위는
> 거짓되다
>
> ― 「민달팽이 슬픔」에서

그렇다면 기다리면 되는 건가요

나에게 다가오는 사람들도 부담스럽다. 그러나 그전에, 나에게 다가오는 모든 것은 위협이다. 집 밖을 나서는 순간 신경이 곤두선다. 뒤에서 사람이 따라오는 것 같다(그냥 우연히 가는 길이 잠시 같았을 뿐이다). 길을 건널 때 차에 치일까 걱정된다(양 옆을 매번 잘 확인하고 걷지도 않으면서). 한밤중에 집으로 돌아가는 길, 택시가 내 앞에서 얼쩡거린다(말로 듣던 고물 택시는 아니었고, 조금 있으니 부웅 택시는 떠났다).

그래도 역시 가만히 기다리는 게 낫겠다. 기다린다. 기다린다. ……가만히 기다리면 네가 올 리가 없지. 그래도 또 기다린다. 내가 먼저 다가가면 또 실패할 거다. (실패가 패배는 아니다, 패배는 아니다.)

> 아무것도 보이지 않던 캄캄한 방, 시간이 흘러
> 전등의 테두리와 천장 모서리와
> 모서리 아래에 걸린 사진
> 우리 함께 있던 한낮 공원이 보이기 시작할 때는
>
> 베개에 얼굴을 파묻어버리지만
> 내 눈동자 속에서 떠오르는
> 서러운 흑백의 아침
>
> ─「꿈꿀 수 없는 침대」에서

눈을 꼭 감고 베개에 얼굴을 꾹꾹 눌러도 아침빛은 들어온다. 나는 아직 밤인데, 아니 밤은 넘긴 거 같은데, 새벽인가? 이런 의문은 쓸데없다는 듯 아침빛은 눈꺼풀을 뚫고 들어온다. 명암만이 있는 눈앞. 서러운 흑백의 아침이다.

어두운 곳으로 도망치고 싶다. 골목길로 들어선다. 음침한 골목길 또한 명암이란 게 있기에 존재하는 곳. 빛이 있기에 어둠이 있다는 말은 빛이 위대하다고 추켜세우는 말이 아니다. 빛의 무능함. 이것이 어둠이 나타나도록 한다. 그런데 내가 숨는 걸 어찌 그리도 귀신같이 아는지 빛은 갑자기 거세진다.

> 건물 앞면 창으로부터 굴절되고
> 건물 뒷면 창에서 또 굴절된 빛이

기어코 골목길로 들어서며
골목길이 사라진다. 예각의 빛은
땅으로부터 솟아오르고
등 뒤의 세계는 찔려 무늬진다.

— 「광선이 창궐하는 창문」에서

친구는 뱃속 자갈이 싫다고 했다. 내 놀이터
를 욕보이게 하고 싶다 했다. 바지춤을 내려
오줌을 갈겼다. 흙은 지린내가 배며 질척해져
갔다. 내 뱃속도 촉촉해진 느낌이었다. 친구는
뱃속에서 자갈을 달그락거리며 흐뭇해했다.
내 뱃속에서는 자갈이 굴러다니지 않는다.

[…]

그네는 십 초가 지나도 이십 초가 지나도 느
려지지 않는다 그네를 타는 동안 키가 컸는데
도 발을 땅에 대지 못한다 이십 초 동안 숨이
막혔을 친구는 마르지 않는 흙 속에서 아직도
꿈틀대고 있다 이곳은 폐허가 된 놀이터 키가
훌쩍 커버린 나는 내 놀이터를 찾지 않는다
그곳은 유적지가 될 놀이터

— 「유년이 쌓여간다」에서

나의 바람은 바람결에 부스러지는데, 넌 거
기 있는가
미운 속을 찧고 가루 내어 날려도 넌, 거기
있는가
한 움큼의 음표를 부러뜨려 노래해도 넌
거기 있는가
흔들리는 풀잎을 가슴에 꽂고 나부껴도
넌 거기 있는가

너는 바람도, 바람결도

부스러짐도 날림도
노래도 흔들림도 모르는,
움직이지 않는 바람.

— 「바람은 눈을 감았다」 전문

알궂다. 미워 죽겠다. 너는 가만히 있을 뿐이고 내가 너
에게 집착할 뿐인데, 그래서 가만히 있는 너는 참 못됐다.
패배한 너는 결국 나를 패배시킨다. 나에게 관심 없는 너는
나에게 승리한 줄도 모른 채 승리했다. 내가 주저앉은 상태
에서 더 깊이 주저앉으면, 그제야 너는 나를 바라봐줄거니?

그러나 내 눈동자는 변함없구나.
이번에 너를 바라볼 때는, 네 눈동자도 바라
볼 수 있을까
언제나 눈이 마주친 순간
나도 모르게 고개를 살짝 돌리지만
돌아간 나의 목은

말라 비틀어져 금 가는 나무
금에서 솟구쳐 나오는 바다
바다 한가운데 떨어진 깃털을
주섬주섬 주워 입는 부끄러운 새
그리고 나의 눈동자는
새의 부리에서 네 눈동자로 뿜어내는,

눈 시린 눈보라인걸.

— 「눈이 시려서」에서

그러면 나는 또 눈을 피할 거야. 이건 내 의식과 내 무
의식의 시너지이다. 나는 그냥 실패자다. 실패는 이제 패배
를 말한다.

나에서 나로, 굴레 돌기 혹은 뒤돌아 가기

너를 향해 다가갈 수도, 너를 가만히 기다릴 수도 없을 때 난 어찌해야 하나. 일단 이동할 수는 없으니 제자리에 있어야 한다. 제자리에서, 너만 바라보고 있을 수도 없다. 따라서 나는 혼자 놀기를 할 수밖에. 너를 생각만 하면서.

> 떨리는 상자가 가지고 있어야 할 심장은 상자 어디에 있는가 상자를 해체한다 골판지에 떨림의 흔적이 남아 있다 그러나 골판지 굴곡 어디에 심장이 있는가 굴곡을 해체한다 찢긴 상자 위로 날리는 보풀에 떨림의 흔적이 남아 있다 그렇다면 심장은 그 작은 보풀 안에 있다는 말인가 더 이상 해체할 수 없는 보풀을 잡아챈다 진동이 손목을 타고 나의 심장에 전해진다
>
> 문 앞에 또 빈 갈색 종이상자가 있다.
>
> ─「순환: 상자 원자 심장」에서

상자를 북북 찢는다. 여기서 나는 혼자 놀기의 달인. 발신인불명의 상자에 심장이 '두.' 너는 이어서 심장이 '근'하겠지? 아니면 네 심장이 '두'할 때 내 심장이 '근'거릴까? 무엇이든지, 둘 중 한 명의 심장이 멈추면 다른 심장도 멈춘다. 너의 부재는 나의 부재. 나의 부재는, 너의 부재. 적어도 나에게만큼은 네가 없다.

상자가 두근거린다. 나는 '두근'을 해체한다. 더 이상 찢을 수 없을 때(원자)에 이르면, 또 발신인불명의 새로운 '두

근'이 있다. 이건 네가 보낸 걸까, 아니면 보풀을 날리는 내가 나에게 보낸 걸까. 제자리에 앉아서 무한히 도착하는 상자를 무한히 찢는다.

> 깜깜한 잠자리에 누우면
> 여광의 올가미
> 심장을 옥죄기 시작한다.
>
> 빛을 끊을 날카로운 알약
> 가슴에 찔러 박으면
> 놀란 가슴은 놀란 가슴을 부여잡고
> 노곤한 심장은 잠이 든다.
>
> 어리석은 나의 주인이여, 내일도 여광은 옵
> 니다
>
> 식어가는 이부자리는 말이 없다.
>
> —「잠 못 드는 밤 1」 전문

상자를 찢을수록 상자 속에 갇힌다. 갇히는 것이 난 좋다. 외부세계와 차단되므로. 그러나 그 상자는 바깥에 계속 틈을 낸다. 내가 상자를 찢어서 틈이 내어지는 것이 아니라 상자가 틈을 낸다.

빛이 새어 들어온다. 암실로 들어오는 빛은 치명적이다. 내 심장이 외친다. "어리석은 나의 주인이여, 내일도 여광은 옵니다."

내가 심장의 주인인가? 심장의 두근거림이 나를 휘둘러 왔는데, 심장이 나의 주인인 게 아니었나? 나에게 주인의식이 부여되니, 더 절망스럽다. 심장을 탓할 수 없다. 심장의 '두'도 '근'도 탓할 수 없으니 너를 탓할 수 없다. 모든 건 내 탓이다. 나는 또 떠나야 한다, 같잖은 주인의식 때문에.

> 정처 없이 찍히는 발자국
> 영원히 찍힐 발자국
>
> 발자국 닿을 곳은 정처 없이 움직인다
>
> — 「맴돌이」에서

> 집이 멀어져갔다
> 그러나 집은 무한한 공간을 품어서
> 나를 계속 회귀시켰다
> 나의 큰 보폭에 맞추어 따라오던 민달팽이는
> 따라서 집을 찾았다고 말해야 했다
>
> — 「민달팽이 슬픔」에서

　탈출 불가한 출발. 일단 떠났지만 머물 곳이 없다. 어디에도 머물 수 있으나, 머문다는 건 잠깐만 있다는 것. 또 떠나야하므로, 머물 곳은 어디에도 있고 어디에도 없는 것. 나는 차라리, "집을 찾았다고 말"하기로 한다. 그것은 정답이 아니지만, 내가 정답이라 했으므로 정답이다.
　내가 살 수 있는 집은 움직이는 집이라는 것이 정답이라면, 내가 직접 이동하지 않아도 나는 이동된다. 내가 들어가 있는 집이 움직이므로. 그렇다면 나는 탈출 불가했던 출발을 더 이상 할 필요가 없다.

> 전봇대에 방뇨하다 호루라기 쫓아오는 소리,
> 주정뱅이의 쫓기고 쫓기는 인생,
> 초록 파편이 그에게 슬며시, 새로운 흥을 남기고
> 그는 달린다 달린다 그는 달린다

> 달려라, 달려라, 흉물아 달려라,
>
> 나뭇가지에도 초록 파편 나부끼는데
> 새벽의 찬바람은 베여 흉 지고
> 노랗게 얼어붙은 태양이 뜬다.
>
> — 「주정뱅이의 밤」에서

나는 출발하지 않기로 했다. 그러자 어디론가 달려 나가고픈, 탈출하고픈 욕구가 쌓여간다. 이동되는 정처에서 나는 꿈꾼다, 제자리에서 표류하는 나를.

> 눈 감은 리라가 현관문으로 흘러 들어오다
> 읊어야 할 전언을 잊은 천사로 걸어 나가는
>
> — 「기형적 회개」에서

집에 가만히 있었을 뿐인데, 나는 '리라'라는 詩와 노래의 상징물에서 詩와 노래를 잊은 '천사'로 변한다. 말을 잃었다. 말할 수 없으므로 소통을 포기한다. 물건같이 주인의식을 '받았던' 나는 주인의식을 내 의지로 '실현하게' 되었다.

만나기 위해 침전하자

출발하지 않기로 마음먹었을 때 탈출을 할 수 있게 되었듯, 너를 생각하기를 단념하였고 그제야 너는 네 곁을 나에게 내어주러 온다, 아니 나온다. 너는 내 뱃속에서 새롭게 '발생'하고 있다.

147

너에게 관심이 없다
너는 흐릿한 기억으로 남아있다
끝에 내 입은 가장 변질된 말을 고르게 된
다.
나는 너를 모른다

—「이중창문」에서

그러나 지금 제 말은 믿으셔도 됩니다
나는 꽃이 아니라 곰팡이로 말하고 있으니

이제 저 자를 보십시오
입술은 푸르를지나 이끼가 서로 엉키어
입을 벌리지 못하는 저 자를 보십시오

드디어 내 입을, 보라!
입술은 썩어 문드러져 있을지나
혀 위에, 혀 위로, 꽃이 무성히 피어 있지
않느냐
꽃을 따다 물지 않고도 스스로 만개하여 있
지 않느냐

—「꽃으로 말하지도 말고 꽃이라
말하지도 말라」에서

　너는 내 안에서 태어나고 있지만, 내가 너를 바라보며 기
쁨에 차는 순간 너는 유산(流産)될 거다. 나는 끝까지 잊지
말아야 한다, 착각하지 말아야 한다, 너는 나를 버렸고 내
가 품은 너는 다른 너라는 것을.

너는
더 이상 움직이지 않는다

나는 풀잎이 흘린 생명을

네가 잠든 땅에 심고

나는 쪽배에 실은 사모를 봉분 위에 붓고
실은 이제 사모하지 않겠지만요

나는 몸 안에 도는 안개를 후우 뿜어내, 모
래성을 감추고
더 이상 내 눈에 띄지 마소서

다른 사람에게도 흔적을 보이지 마소서
내가 대신 흔적이 되어주리다

　　　　　　　　　— 「네 모든 흔적」에서

　그래, 곁을 내어주지 않던 너를 사모하지 않는다. 너는
더 이상 내 눈에 띄지 마라. 그러면 나는 새로운 너를 낳음
으로써 너의 흔적이 되겠다.

내가 네게 실어준 힘은 중력이었고
네가 내게 더해준 힘은 압력이었다

왜 우리는 눌리고 눈물 흘려야만
줄 수 있을까, 부력이라는 힘을.

　　　　　　　　　— 「오해의 바다」 전문

흔들
나뭇잎 하나
잔 속에 빠지고
흔들
참새 한 마리
잔 속에 빠지고

한 아이가 공을

하늘 위로 뻥 차다
영영 돌아오지 않는 공을 보고는
울음을 터뜨리는
쉼터, 그리고
만남의 광장.

— 「공터」에서

　따라서 우리는 서로를 짓누르자. 나 혼자가 아니라 우리
이다. 나는 너의 행태를 확신하지만, 내가 너를 오해하고
있다고 믿는다. 너 또한 마찬가지다. 너는 나를 오해하고
있을 것이다. 사람 사이에 오해가 없을 수가 있을까.
　그러니 우리는 아래로 아래로 짓누르면서 서로를 떨구어
버리자. 우리는 한 번 죽어야 한다. 그래야 우리는 부력으
로 떠오를 것이다. 뱃속이 꿈틀댄다. 뱃속에서 새로운 네가
몸을 뒤척이고 있다. 떠났던 네가 돌아온다. 나의 자식을
보기 위해. "상자가 태동한다."(「순환」)

눈이 튀어나올 듯이 너는
키키키 웃으며, 순식간에 착색된 이빨을 드
러내며
나에게 말한다, 걱정해주는 척 말라고

맞아 너에게는 비난과 저주가 쏟아질 거야
그리고 네가 그것들을 꿀꺽꿀꺽 담아둘 것도
알지
그 모두 또한 네가 좋아하는,
부수적인 사랑이기 때문이란다

— 「1인실」에서

　초췌한 네가 온다. 혹은 초췌한 나에게 네가 온다. 우리

는 만난다. 오해의 골은 아직 너무나 깊다. 그러나 우리는 안다. 그 골이란 우리가 사랑했고 사랑하는 만큼 깊은 것이라는 걸. 우리는 이 사랑의 파편에 찔린, 사랑스러운 저주에 걸린 사람이라는 걸.▨